RETRAITE

POÉTIQUE

A SAINTE-PÉLAGIE

RETRAITE

POÉTIQUE

A SAINTE-PÉLAGIE.

Par A. Delcourt,

Auteur des Mémoires d'un pauvre Hère, des Jours Heureux, etc.

NEUFCHATEL,

Chez P. Féray, Imprimeur-Libraire,

RUE DES FONTAINES, N. 56.

PARIS.

CHAUMEROT, Libraire au Palais-Royal.

1832.

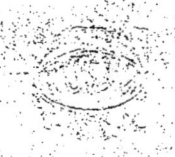

SIMPLE HISTOIRE.

Oggi vi tocca.

Un jour, de par messire Louis Borne, comte Desfourneaux, lieutenant-général des armées du Roi, chevalier de St.-Louis, grand'-croix de l'ordre royal de la Légion-d'Honneur, etc. etc., demeurant à Paris, rue d'Hanôvre, n°. 17;

Ordre me vint de comparaître devant MM. de la 6me. chambre du Tribunal de 1re. instance du département de la Seine, jugeant en police correctionnelle, afin de m'entendre condamner, moi faiseur d'histoires trop piquantes, conformément aux art. 1, 14, 18 et 19 de la Loi du 17 mai 1819, à 20,000 fr. de dommages-intérêts, pour avoir manqué de respect au susdit; 20,000 fr. me disais-je à part-moi; 20,000 fr., répétai-je encore à MM. de la 6me. chambre; eh! pour qui me prend donc mon noble adversaire?

« Tu peux me faire perdre, ô Fortune ennemie,
» Mais faire payer, parbleu! je t'en défie. »

J'avais bien mes raisons pour leur parler ainsi, et de bonnes je vous assure; — mais à quel propos M. le comte Desfourneaux vous a-t-il cherché cette querelle d'allemand? — C'est juste, je m'attendais à cette question; écoutez:

Naguères, lorsque la fièvre des mémoires à son dernier période, portait le trouble aux cerveaux de la gent qui écrivaille, je fus atteint de la maladie, et, dans un accès dont les Mémoires d'un pauvre Hère vous ont dévoilé toute la violence, sous le charme de quelques vieux souvenirs, j'écrivis tout d'une haleine l'histoire tant soit peu romantique d'un philosophe portant sabre au côté, qui, sous l'escorte de l'amour et de la gloire, avait descendu assez gaîment le fleuve de la vie.

Au fort de la composition, un de ces hommes à poignées de main affectueuses, au ton familier, à la voix éclatante, m'aborde en s'écriant que faites-vous là mon cher ? — Vous le voyez, j'écris des mémoires. — Vous écrivez, vous êtes donc aussi !.... Parbleu ! vous avez raison, lorsque l'on a du temps à perdre ; vous faites bien, très-bien même, et je veux moi-même travailler à vos succès, vous deviendrez mon obligé, bon gré mal gré, je serai votre éditeur.

Il m'a tenu parole. Les habitués de la police correctionnelle l'ont vu figurer près de moi le jour de la fameuse affaire ; il n'avait plus cette assurance des beaux jours de sa gloire, Mercure l'avait abandonné, des billets par lui souscrits, n'avaient pas été payés à l'échéance ; encore aux prises avec ses créanciers, forcé de se dessiner devant de nouveaux juges, mon homme, la tête basse, tremblant de tous ses membres sous les foudres de M. Menjaud-de-Dammartin, me disait tout bas : sauvez-moi des griffes du fisc et des serres du geôlier. — Pourquoi vous effrayer, lui répondis-je avec une assurance digne de César, NE SUIS-JE PAS AVEC VOUS ! Laissez-moi le soin de manœuvrer contre le vent.

Avant ou après mondit sr. Menjaud-de-Dammartin qui hâlait en amateur la barque de l'accusation, on voyait à l'œuvre un jeune homme de la plus belle espérance, littérateur déjà distingué, orateur éloquent, et par-dessus tout cela homme de bien, quoiqu'élève du SAUVEUR de la France ; il fit bien son métier, il le fit avec calme ; je ne vous répéterais pas tout ce qu'il dit pour prouver que j'avais eu tort de m'égayer aux dépens du comte Desfourneaux, la Gazette et le Courrier des Tribunaux ont recueilli ses paroles ; hélas ! c'étaient les dernières qu'il devait prononcer. Pauvre Vulpian ! ce n'est pas moi qui insulterai à ta mémoire ; tu peux avoir eu des envieux, mais des ennemis ; jamais parmi ceux qui connaissaient ton beau caractère, pas même parmi les réprouvés qui firent ta connaissance en police correctionnelle.

Ainsi ils ont prouvé, un jugement à la main, qu'une caricature était un portrait, que mon roman était une histoire ; si le petit sac à fermoir d'acier n'eût été vidé, je vous aurais bien forcé à changer de langage, transfuges de la liberté, mais alors.... il fallut passer sous le guichet sans tambour ni trompettes, je n'avais pas le moyen de payer les fanfares du Constitutionnel ; je baissais la tête en répétant ce vers d'un poète autrefois national :

« Les sots, depuis Adam, sont en majorité. »

et j'ajoutais piteusement : voilà ce que l'on gagne à faire des livres, un éditeur qui fait faillite et nous laisse pour tout profit des billets protestés, une amende à payer, suivie ou précédée d'un mois de prison.

Il y avait à Sainte-Pélagie, sous les mêmes verroux vengeurs de l'amour-propre et de l'ordre public outragé, un jeune littérateur qui expiait philo-phiquement le tort d'avoir eu raison trop tôt.

Il baillait, je baillais aussi ; il jurait, je jurais aussi ; il riait, je ne riais pas moi, je maudissais l'espèce humaine, je donnais au diable la machine ronde toute entière, d'abord parce que le sac à fermoir d'acier était toujours vide, et puis j'avais en expectative 550 fr. à payer, dixième compris, ou 6 mois de prison à faire.

L'ami des Jours Heureux n'était pas homme à m'abandonner en telle circonstance ; il m'avait remis entre les mains des préposés à la morale publique, et chaque jour, bravant 18 degrés de froid, il arrivait quand la porte s'ouvrait, et ne s'en allait que lorsqu'elle se fermait : du courage, me disait-il, du courage mon ami, nous nous sommes tirés de plus d'un mauvais pas. — Sans doute, mais 550 fr. à payer. — Nous les paierons. — C'est facile à dire, mais..... — Sois sans crainte, nous avons des amis, Paris, Neufchâtel, Aumale et Gaillefontaine, de braves gens, d'anciens camarades, oui de vrais libéraux comme Lafayette et Benjamin Constant. Il prophétisait mon ami Edouard, ou plutôt il connaissait bien ses amis.

Lorsque j'entrevis la possibilité d'éviter la contrainte par corps, il me parut que je venais de me reconquérir, j'étais à moi, je m'appartenais, la prison était moins noire, plus large et plus commode, je devins philo-sophe ; aussi mes visites à Magalon, furent plus fréquentes, et nos causeries plus franches et plus animées, nous parlions morale, politique, religion, littérature, et, lorsque j'étais seul, je faisais des vers ;

« Car que faire en un gîte, à moins que l'on n'y songe. »

Je les offre aux amis qui m'ont aidé à payer mon amende, comme un hommage de ma reconnaissance.

RETRAITE

Poétique

A SAINTE-PÉLAGIE.

Super flumina Babylonis.

Près du fleuve de Babylone,
Dans un morne silence assis,
Étrangers nous pleurons les champs de nos pays,
Et le Dieu qui nous abandonne.

Détournant nos regards d'un ciel riant et doux,
Le chagrin inclinait nos têtes abattues ;
Aux arbres d'alentour, nos harpes suspendues,
Se taisaient comme nous.

Là, l'idolâtre, encor tout fier de sa victoire,
Osait nous outrager par des vœux insultants :
« Allons, nous disait-il, quelques-uns de ces chants
« Que vous chantiez au jour de votre gloire. »

Superbes, taisez-vous, respectez le malheur !
Esclaves avilis, vaincus par la misère,

Est-ce à nous de chanter les hymnes du Seigneur
    Sur la terre étrangère ?
Ah ! si d'un maître obscur reconnaissant les droits,
Nous devions profaner tes palmes immortelles,
Puissent, Jérusalem, nos harpes infidelles
    Ne plus résonner sous nos doigts.
Nous, oublier les cris de ce peuple sauvage ! —
Sapez Jérusalem ! rasez-la sans pitié ! ! —
Sourire à nos tyrans, chanter dans l'esclavage !
Eh ! qui pourrait descendre à tant d'indignité ?

   Ville d'Edom, Babylone superbe,
Sais-tu, sais-tu quel est le destin qui t'attend ?
Un jour le voyageur, avec étonnement,
    Te cherchera sous l'herbe ;
Ainsi s'accomplira cet arrêt par tes fils
Naguères prononcé contre la Cité Sainte.
Heureux le solitaire, en cette vaste enceinte,
    Qui s'assiéra sur tes débris.

Dies iræ.

PARAPHRASE.

Il éclate ce jour d'épouvante et d'horreur !
L'univers a frémi, le roi des cieux s'avance ;
Reveillez-vous, mortels, à ce cri de douleur :
    L'éternité commence !
  L'espoir du juste est l'effroi du pervers ;
  Au jour succède une clarté livide,
Notre globe brisé s'abîme, et l'univers
    N'est plus qu'un océan de vide.
   Mondes, soleils, foyer brillant,
   Dont nous cherchions en vain l'histoire,
Tout disparaît ; et ce dôme éclatant
Qui d'un Dieu racontait la puissance et la gloire * ;
    Ces monumens audacieux,
    Ces fastes de l'espèce humaine,
    Ces palais fermés à la peine,
    Habités par des demi-dieux ;
  Ces bois, ces prés, tant de beaux paysages,
Tant de riches côteaux et de rochers sauvages,

* Cœli enarrant gloriam Dei.

Qui, vieux comme le temps, devaient être éternels,
Ne doivent plus s'offrir aux regards des mortels.
Ce qui n'était qu'un rêve, enfin se réalise :
Plus d'esclaves dorés, plus de luxe imposteur,
L'égalité confond l'esprit et la sottise,
Le pauvre et l'opulent aux pieds du Créateur.

Ici ne règne plus l'étiquette orgueilleuse,
En vain vous réclamez les droits d'un noble sang ;
 Du courtisan s'éteint la voix flatteuse,
Et la seule vertu désigne chaque rang.

Il est donc prononcé ce jugement terrible ;
J'entends l'arrêt cruel, enfers, éternité !
 Mon Dieu, ta sévère équité
Aux cris du désespoir sera donc insensible.

Pleure jeune beauté que l'attrait du plaisir
 Ravit à la sagesse ;

Pleure jeune insensé dont l'éloquent désir
 Égara la jeunesse ;

Plus coupables cent fois, laissez couler vos pleurs,
O vous qui, profanant des nœuds tissus de fleurs,
Au mépris des sermens prononcés sans contrainte,
Avez du tendre hymen violé la loi sainte ;
C'est à vous de gémir, vous qu'on ne vit jamais

Sur les malheurs d'autrui répandre quelques larmes ;
Vous qui trouviez des charmes
Au meurtre , à l'esclavage , aux plus affreux forfaits.
Mais pour le juste , ô moment d'allégresse !
Il revoit dans la foule ardente qui s'empresse ,
Les heureux qu'il a faits , sa femme , ses enfans ,
Dont il forma le cœur et guida les penchans.

Nunc dimittis.

Que ta promesse aujourd'hui s'accomplisse ;
Laisse aller, ô mon Dieu, ton serviteur en paix ;
J'ai vu de ta bonté le gage, et désormais
 Je ne crains plus que l'univers périsse.
 Modèle heureux, source toujours féconde
De bonté, de grandeur, de vertus et d'amour,
Il est né cet enfant dont la sagesse un jour
 Doit éclairer tous les peuples du monde.

Ego sum bonus Pastor.

JE suis le bon Pasteur, je donnerais ma vie
   Pour l'existence d'un agneau !
Mais l'avide valet jamais ne sacrifie
Son aisance précaire au salut du troupeau ;
L'esclave de lui seul s'occupe et s'inquiète,
Au plus petit danger il s'enfuit tout-à-coup ;
Abandonnant ses chiens et jetant sa houlette,
Il livre ses brebis à la fureur du loup.
C'est en vain dans son cœur qu'il cherche du courage ;
Étranger au troupeau, pourrait-il le servir ?
Il n'a point d'intérêt qui le fasse sortir
   De son égoïsme sauvage.

Je connais mes moutons, ils sont chers à mon cœur,
Entre nous sont communs le plaisir et la peine ;
Leur chagrin est le mien, leur gloire fait la mienne,
   Et je suis fier de leur bonheur.
Il est quelques agneaux qui ne sont pas encor
   Dans la commune bergerie,
Mais tous y rentreront réunis et d'accord,
Quand le berger dira : c'est ici la patrie !

Cœli enarrant gloriam Dei.

PARAPHRASE.

Aux temps de nos malheurs, quand un mauvais génie,
Heureux de tout soumettre à ses funestes lois,
Souleva ce torrent qui poussa la patrie
  Sous le joug pesant des rois ;
Il fallut s'éloigner de la scène fatale ;
A des lieux toujours chers adressant nos adieux,
Saluer en silence et la terre natale
  Et les tombes de nos aïeux.
Sous un ciel étranger traînant notre existence,
De fatigue accablés, sans abri protecteur,
Vingt proscrits près de moi gémissaient en silence.
  Ainsi l'Hébreu, frappé par le malheur,
  Sans asile et sans dieu pénate,
  Sur le roc tristement assis,
  Au souvenir de son pays,
  Pleurait aux rives de l'Euphrate.
Tout-à-coup une voix éclate en prononçant
  Ces mots que dictait la colère :
S'il existait un Dieu, le crime triomphant
  Régnerait-il sur cette terre ?

Un éclat de la foudre aurait sur notre front
Imprimé moins d'horreur que cet affreux blasphême ;
Soudain chacun se lève, et, dans un trouble extrême,
Le regard vers les cieux, semble implorer pardon.

Sa voix avait rompu la paix la plus profonde ;
  Il faisait nuit, l'air était doux et pur ;
    Sur un dôme éclatant d'azur,
La lune présidait à la marche du monde.
  Malheur à vous si vous fermez les yeux
  A ce tableau resplendissant de gloire,
  Si vous cherchez d'autres preuves pour croire,
Que le calme des nuits et la pompe des cieux.

Stabat mater.

PARAPHRASE.

Par la douleur anéantie,
Au pied de cette croix sur laquelle expirait
Son fils que l'injustice arrachait à la vie,
    Une mère pleurait.
Sa bouche n'exhalait ni plainte, ni reproche ;
    Ses bras qui, chaque fois
Par un heureux instinct, s'ouvraient à son approche,
    S'élevaient encor vers la croix.
Qu'il meure, avaient-ils dit ; délivrez Barabas.
    O funeste caprice !
Êtres vains et pervers ! le triomphe du vice
    Est donc l'équité d'ici-bas !
    Parlez ! quel fut son crime ?
Il prêchait la vertu, répandait les bienfaits ;
Il pardonnait l'injure et régnait par la paix.
D'où vient ce cri de mort que sa présence anime ?
Il ne connut jamais que ce pouvoir si doux
Qu'exerce la vertu dans une paix profonde.
Ses biens, vous disait-il, n'étaient pas de ce monde ;
Ses prières, ingrats, étaient encor pour vous.

Armez vos bras pour sa défense ,
Courez l'enlever au bourreau ,
Morts qu'il rendit à l'existence ,
Mourants qu'il arrache au tombeau :
Et vous , témoins de ses miracles ,
Vous ses enfans les plus chéris ,
Le livrerez-vous sans obstacles
Aux projets de ses ennemis.

Hélas ! tout l'abandonne aux fureurs de l'impie ,
Inutiles regrets , vain espoir , tout à fui ,
Et je n'apperçois près de lui
Qu'une vierge qui pleure , un apôtre qui prie.

Domine ne in furore.

Ne me condamne pas dans ta juste équité ,
Je me connais , me juge , et l'espoir m'abandonne ;
J'en appelle, Seigneur, à ta seule pitié ;
    Pardonne , ô mon Dieu , pardonne.

Le trouble est dans mon âme, et chaque jour je voi
    La mort qui lentement s'avance ;
La mort au repentir arrache l'espérance ,
La prière ne peut s'élever jusqu'à toi.
Alors que sur la tombe est assis le silence ;
Oui, j'en appele encore à ta seule clémence :
Daigne effacer des jours de honte et de mépris ,
Pardonne au repentir, dissipe mes alarmes ;
Il en est temps, Seigneur , j'ai vieilli dans les larmes
    Au milieu de mes ennemis.

    Mais quel espoir fait tressaillir mon âme !
Je te bénis , mon Dieu , c'est la voix du pardon ;
Je ne suis plus compté dans cette race infâme
    Qui profane ton nom.

Beati quorum remissæ sunt iniquitates.

Heureux l'homme de bien que Dieu même encourage
A reporter vers lui ses vœux et son esprit,
Qui dans son cœur entend une voix qui lui dit :
　　Le Ciel est ton partage.
Trop long-temps entraîné dans mon rapide essor,
Je parcourais gaîment la carrière du crime ;
Le charme disparut, et j'étais sur le bord
　　De l'infernal abîme :
Alors, avec effroi, j'interrogeais mon cœur,
Le désespoir, la mort..... Je t'implorais, Seigneur,
　　Mais tu fus sourd à ma prière.
La fleur que le soleil prive d'un doux rayon,
　　Souffre, languit, s'abaisse ;
　　Ainsi périt dans l'abandon
　　Celui que ta bonté délaisse.
　　Banni du céleste banquet,
J'épuisais à longs traits la coupe de la vie ;
Je priais, mais sans force, et mon âme affaiblie
　　Lentement succombait.
Enfin le Ciel s'ouvrit, et, traversant le monde,

Ma prière parvint au trône du Seigneur,
Et de bonheur une source féconde
Rejaillit dans mon cœur.
Malheur à celui qui déguise
Le fond de sa pensée au Dieu juge de tous :
Le repentir est la digue où se brise
Le flot de son courroux.

Le 31me. jour je quittai Sainte-Pélagie, ajournant la traduction des autres Pseaumes de la Pénitence, à la retraite la plus prochaine.